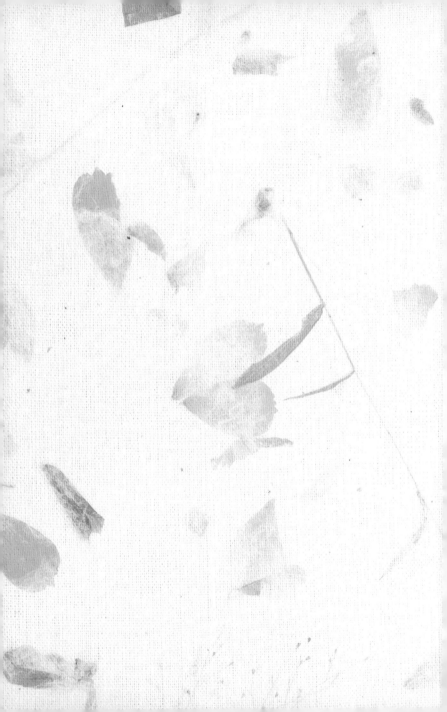

•내 마음대로 하고 싶은•

# 10대의 세상 짓기

저는 엄마, 강아지, 고양이들과 행복하게 살아가는 중2 소녀입니다.

제가 일곱 살 때 아빠가 하늘나라로 가셨는데, 그때는 잘 몰랐습니다. 아빠가 없어서 슬프고 외롭다든지 그런 마음들을.

우리집 강아지 초롱이는 아빠 장례식 때 이웃 목사님 댁으로 보내졌습니다. 장례식이 끝나고 열흘이나 지났을 때,

"엄마, 이제 초롱이 데려오면 안 돼?"

라고 엄마에게 말했습니다. 그래서 초롱이를 다시 데려왔고 엄마는 슬픔을 감추면서 저를 돌보았던 것 같습니다.

초등학생이 되면서 등교할 때 엄마가 저랑 함께 갔고 학교가 끝날 때 저를 데리러 왔습니다. 엄마와 함께 학교를 오고 갈 때 이야기를 많이 했는데 제가 이상하고 희한한 말을 하면 엄마가 집에 가서 적어보라고 했습니다. 그래서 시를

쓰게 되었고, 공모전에 내보내니 상장과 상금을 받아서 좋았습니다.

초등학교 1학년 봄에, 동네 캣맘이 보호소에서 길냥이 아기를 데려왔는데 우리가 키우기로 했습니다. 그 아기가 '해피'입니다.

초등학교 3학년 때는 엄마랑 동네 골목을 가다가 "야옹 야옹" 하며 아기고양이가 우리를 따라왔습니다. 배는 빵빵하고 얼굴이 아주 더럽고 냄새도 났습니다. 엄마와 함께 그 고양이를 데려와 키웠습니다. 그 아이가 '짱순이'입니다.

초롱이, 해피, 짱순이 엄마와 함께 살다 보니 아빠에 대한 그리움도 몰랐습니다.

4학년 때 코로나기 시작되면서 서는 학교에 가지 못하고 집에서 온라인 수업을 했습니다. 그해 봄에 심장이 안 좋았던 초롱이가 하늘나라로 갔습니다.

그때 죽음이 무엇인지 알았던 것 같습니다. 엄마에게 표현은 안 했지만 초롱이가 없어서 너무나 슬프고 외로웠습니다. 다시는 강아지를 안 키우겠다던 엄마는 크리스마스이브에 시골에서 강아지 '만두'를 데려왔습니다. 너무나 귀엽고 사랑스러운 아이라서 초롱이에 대한 그리움은 많이 잊었습니다.

제가 글을 쓰는 재료들은 엄마, 강아지, 고양이, 학교 친구들, 동네, 북한산에서 보고 느낀 마음들 그런 것들이었습니다. 공모전이 있으면 엄마가 써보라고 해서 글을 썼습니다. 엄마가 잘 쓴다고 칭찬하고, 학교에서 친구들 앞에서 글쓰기로 상장을 받으니 내가 참 돋보였던 것 같습니다.

10대의 세상 짓기

"평소 소심하기 때문에 전교부회장에 출마했지만 3명 중 3등을 차지하여 창피하여 울기도 합니다. 그러나 이를 극복하면서 회장으로 당선되는 이야기는 잔잔한 감동과 재미를 주었습니다. 지금 부족하더라도 계속 노력하는 것이 얼마나 중요한 것인가를 보여주었습니다."

'소심이가 전교회장이 되었다'라는 글로 제15회 이주홍어린이문학공모전에서 이런 심사평을 받아서 참 좋았습니다. 산문 부문 대상을 받아서 특히 좋았습니다

5학년 때는 '꼰대 선생님'으로 김수영청소년문학상 초등부문 금상을 받았습니다. 저는 김수영 시인을 잘 모르는데 엄마가 아주 좋은 상이라 하니 그냥 기분이 좋았습니다.

'비는 청소부'(환경부 장관상), '시간에 쫓기는 아이'(서울시장상), '얼마나 아팠을까'(육군참모총장상) 등등 생활 속에서 있었던 일과 느꼈던 감정을 표현했습니다. 저는 그냥 글을

써보았는데 엄마가 공모전에 제 글을 보내었고, 운 좋게 큰
상들을 받아서 기뻤습니다.

초등학교 6학년 때 제가 전교회장이 되었다고 하니까 주
위에서 모두 놀라며 축하해주었습니다. 어른들 앞에서 인사
도 제대로 못 했던 제가 전교회장이 되었다고 하니 안 믿어
졌나 봅니다.

지금은 예전처럼 글을 쓰지 않습니다. 영어 수학 학원에
다니느라 글을 쓸 시간이 없고 혼자서 버스를 타고 학교에
가다 보니 그런 것 같습니다. 제가 다닌 초등학교는 북한산
아래에 있었지만 지금 다니는 중학교는 북한산과 떨어져 있
어서 다람쥐를 볼 수가 없고 밤나무에 밤이 떨어지는 것도
못 보았습니다. 그래서 엄마가 공모전에 보낼 글을 쓰라고
해도 글이 잘 써지지 않습니다.

작가가 되어보겠다는 생각은 한 번도 한 적이 없는데, 제 글이 사람들에게 웃음과 감동을 준다니 용기 내어 책을 내 보게 되었습니다. 학교와 자연과 반려견, 반려묘, 가족, 세상에 대한 글짓기를 해서 제목을 '10대의 세상 짓기'라고 붙였습니다.

초등학교 1학년 때부터 중2 지금까지의 모습을 표현한 이 책이 저처럼 소심하지만 뭔가 이루어보려는 친구들, 한부모 가정 친구들에게 용기를 주면 좋겠습니다.

지금 저는 한참 사춘기여서 엄마가 간섭을 덜 하고 내 마음대로 하고 싶은 걸 했으면 합니다. 그리고 공부는 더 잘해서 좋은 대학에 가고 싶고 좋은 사람이 되었으면 합니다. 이 세상에 도움이 되는 좋은 사람.

중2, 윤이

# Contents

● ● ● ●

## 제3화_ 엄마의 사과

제4화_ 사람들이 웃을 때

# 제5화_ 고마운 사람들과 나의 꿈

# 제1화

## 학교야, 뭐하니?

# 꼰대 선생님

우리반에 들어오는
교과선생님은
우리반에 온 지
세 달이나 지났는데
우리를 "야!"라 부른다

선생님 맘에 안 들면
애들 머리를 책으로
툭 친다
옛날 애들은 이러지 않았다며

옛날 백인같은 선생님은
우리를 옛날흑인처럼
다룬다

10대의 세상 짓기

# 시간에 쫓기는 아이

내 친구 솔미는 시간이
너무 적다
학교 끝나면
학원 학원 학원 또 학원
학교급식도 빨리빨리
먹어치운다
그게 습관이 되어서
나랑 학교 갈 때도
윤아 빨리와
자꾸자꾸 부른다

솔미의 하루는
바쁜 한국인이다
우리집 강아지
먹고자고하는
초롱이의 시간을
솔미에게 빌려주고 싶다

# 엘리베이터

슬기랑 나는 실내화주머니를
교실에 두고 왔다
엘리베이터를 타자 했다
슬기는 선생님한테 혼날까 봐
끝까지 싫다 했다
나 혼자 엘리베이터를 탔고
혼자 밭을 가는 누렁소처럼
슬기는 계단으로 갔다

슬기가 너무 답답했다
더 답답한 건
엘리베이터 속도다
슬기가 먼저 도착했다.

10대의 세상 짓기

# 묶인 아이

내 친구 지민이는
너무 묶여 산다
6시까지만 놀아라
학교 끝나고 집에 바로 와라
지민이는 엄마가
묶어 놓는데
선생님마저 묶어둔다
우측보행해라
뛰지 마라
조용히 해라

나는 지민이를
아프리카 초원으로 보내주고 싶다
치타처럼 뛰어다니게
치타처럼 놀 수 있게.

# 글씨 쓰기

내 친구 슬기는
40kg 몸무게를 넣어서
꾹꾹 글씨를 쓴다
슬기보다 살찐 세미는
슥슥 날려 쓴다
세미가 꾹꾹 쓰면
종이가 빵구 날거다
연필심이 남아나질 않으니
몸무게를 안 넣고 쓰는
세미는 지혜롭다

10대의 세상 짓기

# 시험

시험만 보면
땀이 주르륵
연필이 미끄럽다고 하네

시험만 보면
머리가 새하얘져
누가 내 머리를
지우개로 빡빡 지우나 봐
이렇게 잘 지워지는
지우개가 있으면
내 점도 지우고
엄마 기미도 지울텐데.

# 우체통

편지를 넣어 주세요
심심해서 그래요
택배비는 공짜예요
대신에 주소는 꼭 적어 주세요
안 적으면 먹어 버려요

10대의 세상 짓기

# 내 친구는 황소고집

윤정이는 매일 줄다리기를 한다
매일 끈끈하게 자기주장을
놓치지 않고 말한다
나도 끌어당기려 하지만
나에겐 오지 않는다

윤정이는 황소로 변신해서
줄을 잡아끈다
나는 자빠져
매일 진다
윤정이를
스페인 전문 투우사에게 맡겨서
얌전한 나의 강아지가
되면 좋겠다.

# 절교

종이가 찢어지는 것처럼
지진이 나는 것처럼
절교도 마찬가지

10대의 세상 짓기

# 교감 선생님의 착각

"끼이익 끽 끼이익 끽"

나는 베란다로 나가 보았다.

트럭이 눈 때문에 뒷바퀴가 헛돌고 있었다. 엄마와 나는 트럭이 미끄러져서 사고가 날까 봐 조마조마한 마음으로 지켜보았다.

우리 동네에선 겨울마다 이런 일이 자주 발생했다. 엄청난 각도의 언덕길 때문에 눈이 내리면 차가 미끄러져 사고가 났다. 다음 날 학교 가는 길엔 차에서 떨어진 유리조각이 있었다. 어떨 적엔 사람이 다니는 길을 표시해 둔 보호대 쇠기둥이 찌그러져서 자주 수리를 했다.

특히 학교 갈 때 눈이 많이 내리면 미끄러져서 다칠까 봐 엄마는 내 가방을 들어주곤 했다. 학교가 끝날 때까지 눈이 녹지 않으면 더 위험했다.

엄마는 내가 다칠까 봐 학교 앞까지 와서 빗자루를 들고 눈을 치운 적도 있다. 눈을 치우는 엄마를 보고선 우리 학교 교감 선생님이

"저쪽도 치우세요. 오늘 구청에 몇 번이나 전화를 했는

데 이제 오시면 어떡합니까?"

했단다. 엄마를 일하는 사람으로 착각했던 것 같다.

"저는 학부모입니다."

그러자 교감 선생님이 엄마에게 미안하고 감사하다고 했단다.

엄마는 집에 와서 나에게 불평을 했다.

"너그 교감 선생님 참 보는 눈이 없더라. 엄마를 우찌 보고…"

"엄마는 뭐 하러 학교까지 와서 눈을 치우고 그래. 엄마가 오바했어."

어느 날, 눈만 오면 위험했던 언덕길을 아저씨들이 파내고 공사를 했다.

"아이고 또 세금 낭비하고 있네."

엄마는 또 투덜대었다.

그런데 이번에는 좀 달랐다. 공사를 아주 오래 했다.

엄청난 무더위에 땀을 뻘뻘 흘리며 아저씨들은 땅을 파고 열선을 깔았다.

겨울에 눈이 와도 열선이 작동하면 괜찮다는 것이다. 눈이 쌓이지 않고 녹기 때문에 차가 미끄러지지 않을 것이고, 우리도 다칠 염려가 없을 것이란다.

정말 그랬다. 열선 공사를 한 지 2년이 되었는데, 트럭 바퀴가 헛돌아서 내가 베란다 밖을 쳐다보는 일이 없어졌다. 열선 공사는 정말 참 잘한 일이었다.

우리 엄마가 학교에 와서 눈을 치우지 않아도 되고, 교감 선생님이 우리 엄마를 일하는 아줌마로 착각하지 않아도 되니까 참 다행이었다.

10대의 세상 짓기

# 소심이가 전교회장 되었다

나는 드디어 전교회장이 되었다.

2020년 2월에는 전교 부회장에 출마했었다. 그때는 요령을 몰라서 여자 3명 중 3등으로 떨어져서 많이 창피했고 많이 울었다. 그러나 다음 년도에 또 출마하겠다고 다짐했다.

5학년 2학기 말에 나는 전교회장에 출마하였다. 후보가 9명이나 되었다. 나는 선거 유세 때 춤을 추고 노래까지 했다.

"범 내려온다~ 윤이 내려온다~"

좀 부끄러웠지만 퍼포먼스로 눈길을 끌어야 했기 때문에 수십 번 연습한 노래를 불렀다.

첫날에 5학년이 먼저 투표를 했다. 우리 반에서 후보가 5명이 나왔는데 나는 4표밖에 받지 못했다. 다른 반 친구들에게 물어보니 내 표는 아주 적고, 남자 후보 한 명에게 꽤 표가 많이 나왔다.

엄마가

"너 떨어질 것 같아. 이번에 안 될 거니까 마음 굳게 먹어" 했다.

엄마가 계모 같았다.

다음 날 3학년 4학년이 투표하니까 두고 보자고 말해주지 않고 미리 초를 치는 엄마가 몹시 미웠다.

다음 날 결과가 뒤집혔다. 엄마의 폰으로

"언니 축하해요" 문자가 왔다.

그 집 아이가 "범 내려온다~ 윤이 내려온다~" 노래를 계속 흥얼거린다며 "윤이 최고였대요" 칭찬이 쏟아졌다. 윤이 언니처럼 해보고 싶다며 멋있었다고 말해주는 동생들도 있었다.

3학년 4학년이 나를 많이 뽑아주었기 때문에 전날 표가 적게 나왔지만 내가 1등으로 표가 나왔다. 그래서 나는 전교회장이 되었다.

엄마는 "내가 노래하고 춤추라 해서 된 거야."

안 될 것 같다고 말했던 엄마는 노래를 부르며 덩실덩실 춤을 추었다. 이랬다저랬다 하는 엄마이지만 나도 엄마와 함께 춤을 추고 좋아했다.

나는 3학년 때까지 성격이 소심하다고 항상 지적을 받

았다. 특히 2학년 때 선생님은 내가 아는 것에 비해 발표하는 것이 적다고 생활기록부에 혹평을 적어 주었다. 만약에 그 선생님이 지금의 나를 보면 깜짝 놀라실 것 같다.

4학년 때 담임선생님께서 반 남자아이와 팀을 짜서 연극을 해보라고 하셨다. 내가 극본을 쓰고 춤도 추고 연습을 하여 재능대회에 나가 상을 받았다. 4학년 2학기 수련회 때는 팀으로 춤을 추고 나 혼자서 블랙핑크 춤을 추기도 했다. 4학년 전체 아이들과 선생님들이 지켜보는 가운데 춤을 추고 나니 점점 자신감이 생겼다.

소심한 아이도 자신감 있는 아이로 변할 수 있고 처음엔 실패해도 그것을 디딤돌로 삼아 뭐가 잘못되었고 무엇을 하면 더 나아지는지 생각해보면 된다. 처음에 성공하더라도 나중에 실패하는 사람도 있다. 지금은 좀 부족하더라도 계속 노력하는 것이 중요하다. 처음에 성공한 사람보다 나중에 더 크게 성공할 수도 있으니까 지금은 절대로 포기해서는 안 된다.

나 같은 소심이가 전교회장이 되는 날도 있으니까.

제 2 화

하늘나라로 간 초롱이

# 비는 청소부

비는
커다란 지붕 위에서
미끄럼을 탄다
떨어진 빗물은
샤워기가 되어
미세먼지를 씻겨준다

미끄럼을 타다가
건물에 붙은 빗물은
건물을 닦아준다
청소를 끝낸 비들이
길바닥에서
악기연주회를 한다

다음날이 되면
빗물은
맑은 하늘로 올라가
악기 연습을 하고

어디서 미끄럼을 탈까
어디서 청소를 할까
고민한다.

# 잠이 안 와

잠의 요정아
너만 자지 말고
나를 재워 줘

잠가루를
우리 강아지에게만
뿌려주는 거니?

# 봄

봄이 겨울 동안 못 찾아와서
미안하다고 사과하러 왔나
봄의 목소리가
착하다

봄 덕분에
꽃이 손을 내밀고
나뭇잎을 잡아주며
힘껏 자란다
나도 따뜻해진다
그래도 의리는 있네. 봄!

# 여름

심술 많은 해가
바람을
꽁꽁 묶어두었다

땀많은 친구는
목에서
용암이 줄줄 샌다

여름비가 달려와
바람을 풀어준다
친구 목도 시원하고
보는 나도 시원하다

# 가을 숲

울긋불긋
한복을 입고
추석을 준비하는
단풍잎은 춤을 춘다

내 알밤을 가져가지마
밤송이가
바늘로 콕콕 찌른다

다람쥐는
도토리를 주워가는
사람들을 쬐려본다

# 겨울 숲

빼빼 마른
할머니 할아버지들
아파도 추워도
병원에 못 가네

봄이 올 때까지
아무 데도 못 가고
기다리네

# 발냄새

우리집 강아지와 고양이는
발냄새가 안 난다
우리엄마 발냄새는
많이 난다
발에 청국장이 들어있나?

우리집 강아지와 고양이는
잠만 자고
아무 일도 안 해서 그런가?
일하는 사람은
발냄새가 많이 난다.

10대의 세상 짓기

# 밥맛

우리집 개와 고양이는
일어나자마자
밥을 먹는다
나는 밥맛이 없는데

동물들은
맨날 같은 걸 먹으니까
밥맛도 똑같은가 봐

밥투정 안 하는
우리집 아이들은
참 착하다.

# 이상한 아줌마

우리 교회에는
이상한 아줌마가 있다
나한테는 양말 안 신었다고
꼬랑내 난다 한다
반바지 입었다고
너무 짧다 한다
근데 자기 딸은
챙이 넓은 황토색 짚모자에
체크무늬 셔츠에
종아리까지 오는 긴양말까지
신으라 한다
나는 그 친구가
농사지으러 가는 줄 알았다.

10대의 세상 짓기

# 목감기

내 목은 땡땡 부었다
마치 사막에 있는 모래처럼
건조하다
물을 먹어도
스폰지처럼
바로 먹어버린다.

10대의 세상 짓기

# 내 코

내 코는 납작코
우리집 고양이 코가
더 오뚝하다
뭔 코가 부침개보다 낮을까
누가 압축기로
내 코를 눌렀을까
영어마을 외국인샘 코를
닮고 싶다.

10대의 세상 짓기

# 내 입술

어른들을 만나면
내 입술엔
풀칠이 되어요

엄마 아빠랑 있으면
내 입술엔
풀칠이 떨어져요

마법의 풀칠
어서 마법을 풀어줘요

# 하늘나라로 간 초롱이

우리집 강아지 초롱이가 작년 8월부터 많이 아팠다. 배에 물이 차서 숨도 잘 못 쉬었다. 동물병원에 갔는데 심장이 안 좋다고 했다. 초롱이 엄마도 심장이 안 좋아서 재작년에 하늘나라에 갔다. 초롱이는 평생 심장약을 먹어야 한다고 했다. 초롱이가 먹는 사룟값이나 간식값보다 약값이 더 들었다.

집에서 키우는 강아지가 아프면 버리는 사람이 있다는데 아마 돈이 많이 들어서 그러는 것 같다. 우리나라 4가구 중에 1가구는 강아지를 키운다는데 아프다고 강아지를 버리는 사람은 너무 이기적인 것 같다. 그런 사람에게 강아지는 반려견이 아니라 애완견일 것이다.

빵빵하게 불러왔던 초롱이의 배가 조금씩 줄어들었다. 이전처럼 초롱이는 먹을 것을 밝히는 식신이 되었고 "산책, 간식"이라는 말만 들어도 귀를 쫑긋대며 좋아했다.

엄마와 나는 초롱이에게 말했다.

"2년만 더 살자."

엄마는 초롱이를 데리고 산책도 자주 나가고 사랑도 많이 주었다. 초롱이는 여름, 가을, 겨울을 보냈는데 봄이 오자 다시 배에 물이 찼다.

결국 초롱이는 4월 2일에 하늘나라로 갔다. 엄마와 나는 하루 종일 울었고 슬펐다. 지나가는 길에 강아지만 보아도 눈물이 났다. 나는 마음만은 산책을 매일 데리고 나가고 싶었는데 코로나 때문에 많이 못 했다. 그래서 초롱이에게 미안했다. 한편으론 코로나 때문에 엄마와 내가 집에 있는 시간이 너무 많아져서 초롱이와 더 오래 있었던 것 같다.

초롱이는 밖에서 소리가 나면 막 짖어댔는데, 이제는 택배 아저씨가 와도 짖는 소리가 안 나니 집이 허전하다.

우리는 강아지가 아프거나 떠나도 이토록 마음이 아픈데 코로나 때문에 가족을 잃은 사람들의 마음은 얼마나 아플까?

코로나 때문에 가족을 잃는 일이 없으면 좋겠다.

또 강아지가 아프다고 버리는 사람도 없으면 좋겠다.

제 3 화

엄마의 사과

# 엄마 젖

엄마 젖은
핫팩 주머니
내 차가운 손을 넣으면
따뜻해진다
엄마 젖은 차가워지다가
엄마 젖은 다시 또
뜨거워진다
엄마의 넘치는 사랑이 흘러서
그렇다.

10대의 세상 짓기

# 엄마 방귀

엄마는 똥을 먹었나
똥을 끓여 먹었다는
옛날 아프리카 사람도 아닌데
방귀 냄새 너무 심하다

엄마 엉덩이에
꽃을 꽂을까?
향수를 뿌릴까?
내가 그냥
방독면을 쓸까?

# 걱정이다

나는 오늘 일어나
엄마 흰머리를 봤다
쏙쏙쏙 뽑았다
끝이 없다

엄마가 콧김을 불어서
코를 봤더니
코털이 흰색이
듬성듬성

엄마는 이제 50 되는데
걱정이다.

10대의 세상 짓기

# 풀

겨울이 지나고
봄이 되면
살아나는 풀

검정 흙이 초록색으로 바뀌고
잠을 자던 벌레들도
풀 속에서
일을 하고 숨바꼭질을 하는데

아빠도
다시 살아났으면 좋겠다
풀처럼.

# 아빠에게

아빠,
우리 고양이 키우고 있어
한 애는 해피라서
까불고 언제나 해피해피해
한 애는 짱순인데
애교짱! 먹성짱!
둘다 길냥이 아기였어.

코골이 대장 댕댕이 초롱이는
잘 때마다 아빠 흉내를 내었지
드르렁 컥 드르렁 컥
초롱이는 몇 달 전 하늘나라로 갔어
심장이 안 좋았는데
아빠가 없어서, 더 슬퍼서, 더 아팠나 봐

아빠, 이제
초롱이랑 잘살고 있지
우리 사는 거

10대의 세상 짓기

잘 보고 있지?

다음에

하늘나라에서 다 함께 만나자

# 다행이다

우리집 고양이가
토를 했다
밤새도록 했다
엄마는 돈 없다고
동물병원 안 데려간다 했다
엄마는 마귀할멈같다

다음날 고양이가
밥을 먹는다
다행이다

# 박막례 할머니

우리 외할머니는
원래 윤월순인데
윤을순이라 말해서
병원 간호사가 한 시간 동안 찾았다
우리 외할머니는
지금 요양원에 누워 있다
자기 이름도 못 쓰지만
얼굴은 하얗고 피부도 좋고
박막례 할머니보다 예쁜데
혼자서 앉지도 못 한다
박막례 할머니는 재밌게
해외여행도 많이 가신다

우리 외할머니는
참 안됐다.

# 우리 동네

우리 동네는
서울에서 젤 촌스러워
시골 외갓집보다
촌스러워

멧돼지가 놀이터에 놀러오고
올챙이가 사는
우리 동네
촌동네

서울 같지 않아도
길냥이밥 주는
아줌마도 있고
우리 동네
행복 동네

# 엄마의 사과

엄마는 차가 없다
아빠가 하늘나라로 갈 때
차도 가버렸다.
차가 없어서 놀이공원도
지하철을 타고 간다
너무 불편하다
엄마는 지하철을 타면
나를 자리에 앉히려고
애를 쓴다
언제는 나를 자리에
앉히려다가
아줌마 같은 아가씨가
유리조각같은 눈으로
엄마를 쬐려보았다
황소처럼 화를 낼 줄 알았는데
엄마는 개미 목소리로
미안합니다
말했다

나는 그 여자를 쬐려보았다.

10대의 세상 짓기

# 센언니들의 복수

나는 엄마, 엄마 친구와 함께 버스를 탔다.

두 정류장을 더 지나서 화장을 진하게 한 중학생 언니 4명이 탔다.

'시험 기간인데 놀러 다니나?' 하는 생각이 들었고 한마디로 노는언니들, 센언니들 같았다. 언니들은 버스를 탈 때부터 마스크를 턱에다 걸친, 일명 턱스크를 하고 있었다. 4명이 버스에 앉아서 신나게 떠들고 셀카를 찍어대었다.

엄마는 "학생들 마스크 바로 써요!" 했다.

센언니들은 엄마를 쬐려보았다.

"아~ 완전 x짜증나"

하며 욕을 아주 찰지게 해댔다.

엄마와 나는 지하철역에서 내려 다른 버스를 갈아타야 했다.

엄마는 내리기 전, 버스 기사님 앞으로 갔다.

"기사님, 저기 뒤에 앉아있는 학생들 마스크를 제대로 안 쓰고 떠드는데요. 저 내리고 나서 주의 좀 주세요."

했다.

10대의 세상 짓기

엄마와 나는 버스에서 내렸지만 엄마 친구는 더 가야 해서 버스에 남아 있었다.

엄마와 엄마 친구는 카톡을 주고받았다.

"버스 기사가 마스크 바로 쓰라고 말했어?"

"응. 근데 걔들이 복수할 거란다."

엄마는 뭐 그리 못된 것들이 다 있냐며 화를 내었다. 나중에 엄마 친구가 전화를 해서 자세한 이야기를 해주었다.

"뒤에 학생들 마스크 바로 써주세요. 승객이 불편하다고 하십니다."

버스기사가 이렇게 말하자, 그 센언니들이

"아까 그 아줌마가 일러준 거 아니야? 아줌마 얼굴 기억했어. 그 애도 기억했어. 그 아줌마 애한테 복수할 거야"

했단다.

엄마는 센언니들도 문제지만 버스 기사님의 말에도 문제가 있다고 했다.

"버스 기사가 먼저 애들한테 마스크 쓰라고 말해야지. 승객이 불편하다고 말하면 어떡해?"

엄마는 주말 지나서 버스회사에 전화할 거라고 했다. 버스 기사님 주의 주라고 말이다.

나는 센언니들이 너무 미웠다. 센언니들이 규칙을 안 지켜놓고 왜 나한테 복수를 한다고 하는지 모르겠다.

뉴스에서 버스 기사가 어떤 할아버지에게 마스크를 쓰라 했더니 그 할아버지가 버스 기사에게 폭행을 했다고 한다. 왜 규칙을 안 지키는 사람들은 규칙을 지키는 사람들이 잘 지키라고 말했다고 욕을 하고 때리기까지 하는 걸까?

이런 뉴스를 계속 봐서인지 엄마는 주말이 지났는데도 버스회사에 전화를 하지 않았다.

"엄마, 버스회사에 왜 전화 안 해?"

"버스 기사님도 스트레스 너무 받으니까..."

버스 기사님들이 마스크 쓰라 했다가 승객에게 얻어맞고 자꾸 나쁜 일이 생기니까 입을 열지 못하는 것이란다. 엄마는 다음에도 그런 일이 생기면 마스크 쓰라고 할 거란다.

"마스크 쓰라 했다고 나한테 복수하면 어쩔 건데?"

"그 사람 때문에 내 딸이 코로나 걸리면 안 되잖아. 코로나 때문에 집 밖에 나갈 일이 없는데 뭘."

라고 엄마는 말했다.

어디선가 중학생 언니들이 모여서 놀고 있으면 엄마와 나는 그 센언니들일까 봐 조금은 떨었던 것 같다. 그 센언니들이 규칙을 제대로 알고 깨달았으면 좋겠다. 그러면 복수라는 말도 안 나올 테니까.

제 4 화

사람들이 웃을 때

# 사람들이 웃을 때

사람들이 웃을 때
눈 밑에
경단 두 개가
생겨요
팔자주름도 두 개
생겨요

경단이 안 생기는
사람의 웃음은
가짜여요.

10대의 세상 짓기

# 얼마나 아팠을까

내 이빨 빠진 날
하늘에 별도 빠졌다
반짝반짝

내 이빨 빠진 날
그냥그냥 아팠다
국군 할아버지들은
얼마나 아팠을까
총을 맞았을 때
피를 흘렸을 때

국군 할아버지들은
별이 되어 지금도 반짝반짝

10대의 세상 짓기

# 달고나

뽀뽀하는 언니 오빠는
달고나를 안 사먹는다
입술에 듬뿍 담긴 애정이
더 달기 때문에

그래서 달고나 할머니는
짜증을 낸다.

10대의 세상 짓기

# 결혼

결혼은 안 할 거야
옷을 벗고
자야 하니까
애 낳으려면
배를 째야 하니까

결혼은 안 할 거야
애가 마트 가자고
자꾸 조르면 돈 드니까
자꾸 말대꾸하니까

# 하늘이네 가족

하늘이네 가족은 월세가 밀려
시골로 내려갔다
이웃에게 창고를 빌려 살았다
하늘이는 언어장애
동생은 아토피
엄마는 탈모
아빠는 허리가 아파서 일을 못 한다

하늘이네 집에
흥부네 제비가 왔으면 좋겠다
박을 열면
집이 뚝딱 나오고
또 박을 열면
의사가 나와서
아빠랑 동생을 치료하고
세 번째 박을 열면
하늘이가 말을 하고
마지막 박을 열면
엄마의 가발이 나온다.

10대의 세상 짓기

# 동물의 숲

나는 매일 숲을 가꾼다
동물과 만나서
이야기를 하고
먹이를 나눠 준다
마을을 만들고
카페를 만들고
옷가게를 만들고
편지를 써준다
나는 동물을 맘껏 사랑해준다
모두 게임일 뿐이지만
내 게임에 있는 동물들은
모두모두 행복한데
지구에 사는 동물들은 행복할까?

# 농부 아저씨는 금손

양구메론을 먹고
씨를 화분에 심어 두었더니
며칠 후 싹이 올라왔다
신나서 매일 물을 주니
잎만 커졌다
언제 열매가 나올까?
한 달 두 달 보고 또 보아도
똑같다.
이틀 물을 안 줬더니
시들어버렸다
농부 아저씨는 어떻게 잘 키울까?
나는 똥손이라 포기했고
농부 아저씨는 금손이라 성공하나?

# 산아 산아

산아 산아
누가 사나
해가 사나
나무가 살지

산아 산아
누가 사나
바람이 사나
다람쥐가 살지

해와 바람이
휴전선 녹여서
나무랑 다람쥐랑
북쪽 사람이랑 남쪽 사람이랑
오래오래 살지.

# 바다야 바다야

바다야 바다야
받아라
해를 받아 밝은 바다
별을 받아 반짝이는 바다

배는 가지 못해도
구름 받아 바람 받아
잘 키운 물고기
바다는 가게 하네

바다야 바다야
내 마음도 받아라
북으로 보내는 꽃
북으로 보내는 마음
꼭 받아주라

# 태풍아 오지마

태풍아 오지마
서 있던 벼들이 쓰러지고
집을 잃고
혼자 남은 벼는 심심하잖아
살기 힘들잖아

태풍아 오지마
농부 아저씨가 힘들잖아
우리한테 똑똑 문 두드리지 말고
다른 별로 가줄래?

10대의 세상 짓기

# 아랍 여자들

광화문 광장에서
한복을 입은
아랍 여자들은 모두
떡장수 아줌마 같다

수건을 벗으면 예쁠 텐데

예쁜 아가씨들을
아줌마로 만들어버리는
아랍 나라는 이상한 나라다.

# 여자가 더 좋지만

남자는
꼭꼭 군대를 가야 하잖아
안 가면 감옥 가니까

여자는
아기를 낳아야 하지만
그건 선택이잖아
안 낳아도 감옥엔 안 가니까

그런데, 궁금해
여성가족부는 있는데
남성가족부는 왜 없을까?

남성가족부

# 염정아 이모

5월 셋째 주 토요일이었다.

엄마 고등학교 친구들이 우리 동네에 모였다.

원래는 3월에 모이는데 사회적 거리 두기 때문에 늦게 모이게 되었다. 이전에는 인사동이나 대학로 같은 데서 만나는데 일부러 우리 동네에서 만난다고 했다. 우리 동네는 북한산이 있고, 공기가 좋고, 사람들도 적으니 코로나 위험이 적다는 뜻이란다.

원래 모임 멤버는 12명이었는데 5명만 모였다.

나는 7시까지 집에 있다가 저녁 먹을 때쯤 엄마가 불러서 엄마 친구들이 모여 있는 식당에 갔다.

오랜만에 본 염정아 이모 얼굴에는 마스크에 눌린 자국이 가득했다. 엄마는

"뭐 니가 대구 병원 간호사냐?"

라고 놀려댔다.

"나는 모범시민 아니가?"

염정아 이모가 다시 마스크를 썼다.

염정아 이모의 원래 이름은 서혜경이다. 드라마에 나

10대의 세상 짓기

온 염정아처럼 소리를 지르면서 욕을 잘하고 말을 맛깔나게 해서 내가 붙여줬다.

염정아 이모는 원래 얼굴과 목에 주름이 자글자글한데 마스크를 써서 그런지 주름이 가려져서 조금 젊어 보였다.

전에 통영 외갓집에 갈 때 염정아 이모가 태워 줬는데
"니는 애한테 푸시 좀 하지 마라"
귀청이 찢어지도록 사투리로 크게 말했고, 오고 가는 내내 입을 쉬지 않았다.

나는 차만 타면 잠을 자는데 염정아 이모가 하도 말을 많이 하고 또 재미있게 말해서 거의 자지 않고 서울과 통영을 오고 갔다.

이렇게 말을 많이 하던 염정아 이모가 마스크를 쓰고 말을 하니 얼마나 답답했을까?

염정아 이모가
"윤이야, 온라인 수업 잘하나?"
나에게 물었는데 엄마는
"말도 마라. 빨리 학교를 가야지" 했다.
얼마 전에 온라인 수업을 하다가
"엄마, 내 노트 어디 갔어? 엄마 좀 찾아줘."

"니 건데 왜 나한테 찾아달라 해! 빨리 찾아."

사실 나는 매일 엄마에게 국어책 어딨어? 수학책이 안 보여? 찾아달라고 했다. 엄마는 내가 학교 안 가는 동안 참아왔던 화를 터트렸다. 나는 너무 짜증이 나서 울음을 터트렸다. 엄마가 마구 화를 내고 있었는데 우리집 작은 고양이 짱순이가 엄마 어깨에 발을 갖다대며 "냐옹 냐옹" 했다.

"엄마 화내지 마요. 언니한테 그러지 마요"

하는 것 같았다. 나는 짱순이 때문에 웃음이 나왔다. 그때 엄마도 화를 더 내려 하다가 웃었다.


"내가 윤이는 푸시하지 말라 했제!"

하며 염정아 이모는 내 편을 들었다.

염정아 이모는 항상 내 편인 것 같다. 나더러 나중에 코 성형 수술도 하지 말라 하고 쌍커풀 수술도 하지 말라고 했다. 지금도 괜찮고 나중에는 더 예뻐진다고. 볼 때마다 용돈도 주신다.

원래 엄마와 염정아 이모는 한 달에 한 번은 꼭 만났는데 코로나 때문에 못 만난다. 코로나가 빨리 사라져서 염정아 이모가 마스크를 벗고서 자글자글한 주름으로 실컷 얘기하면 좋겠다.

10대의 세상 짓기

제 5 화

고마운 사람들과 나의 꿈

# 아동의 노동 착취가 없어지기를
『찰리와 초콜릿 공장이 말해주지 않는 것들』을 읽고

나는 1주일에 1~2회 정도 초콜릿을 사먹는다. 단맛을 가장 부드럽게 느낄 수 있기 때문에 그 어떤 간식보다 좋아한다. 그러나 내가 먹는 초콜릿에는 카카오 농장에서 일하는 아동의 땀과 노동이 담겨 있었다. 그 아동들은 노동에 비해 턱없이 적은 임금을 받아야 했고, 카카오 농장에서 일하면서도 초콜릿을 먹어보지도 못한다. 농장에서 생산되는 카카오가 비관세로 다국적 기업에 팔리면 관세가 매겨져서 초콜릿이 만들어진다. 그 초콜릿은 너무나 비싸서 카카오 농장 아동들은 사 먹지 못한다.

불공정거래와 무역은 스마트폰 부속품에 사용되는 콜탄에도 있었고, 샴푸에 들어가는 팜유에도 있었다. 커피, 새우, 담배, 목화에도 불공정 경제가 있었다. 특히 우리나라 지폐는 우즈베키스탄 목화로 만들어지는데 매해 가을이면 우즈베키스탄 아이들이 학교 활동으로 목화밭에서 일한다는 사실은 충격적이었다. 아침 7시부터 10시간을 일하여 목화 할당량을 채운 아이는 3600원에서 6200

원을 받지만, 할당량을 채우지 못한 아이들은 구타를 당하거나 심하게는 퇴학까지 당한다. 목화 수익은 우즈베키스탄 대통령과 그 측근들이 관리한다는데 도대체 한 나라의 지도자가 아이들의 노동 착취로 배를 불리고 부자로 산다는 사실에 어이가 없었다. 아이들의 노동으로 재배한 목화가 신사임당과 세종대왕의 얼굴이 찍힌 우리나라 지폐로 만들어지고, 한국조폐공사가 베트남, 인도네시아, 페루의 지폐도 만든다.

현모양처이며 이율곡의 어머니인 신사임당이 새겨진 5만원 지폐에는 매를 맞으며 일한 우즈베키스탄 아이들의 피와 땀이 맺혀 있으니 우즈베키스탄 목화 사용을 중단하라는 작가의 생각에 나는 동의한다. 한국조폐공사와 포스코대우가 우즈베키스탄에서 운영하던 목화 공장을 접고 아이들의 노동 착취가 없는 목화 생산지를 찾아야 하지 않을까? 그러나 한국조폐공사와 포스코대우가 떠난 자리에 다른 나라의 기업이 들어와 목화 공장을 운영한다면 우즈베키스탄 목화 농장에서의 아동 노동 착취는 여전히 계속될 것이다.

카카오 농장도 마찬가지이다. 공정무역을 하지 않는 기업이나 국가가 있는 한 아동 노동 착취는 사라지지 않을 것이다. 초콜릿을 좋아하는 내가 공정무역 마크가 찍힌 초콜릿을 구매하여 먹는다면, 다른 친구들도 그렇게 한다면 아동 노동 착취는 줄어들 것이다.

인도네시아 열대 우림 지대에 팜유 농장이 들어서면서 습지가 사라져 지구 온난화가 심해졌다는 사실을 알아야 한다. 라면, 과자, 마가린, 인스턴트커피, 빵, 아이스크림, 초콜릿, 샴푸, 세제, 화장품에 팜유가 들어가 있다. 팜유 농장에서 어린 소년들이 소금에 절인 생선과 맨밥만 먹으며 팜 열매를 따고, 제초제를 뿌리는 일을 한다. 숙식 비용을 제하고 나면 거의 월급도 받지 못한 채 노동을 착취당한다.

작가는 팜유 사용을 줄이기 위해선 샴푸를 쓰지 말고 베이킹소다나 물로만 감으라고 하는데, 나처럼 머리가 긴 여학생들은 실천하기가 쉽지 않겠다. 대신 샴푸를 구매할 때 팜유 성분이 적은 것을 찾아서 쓰고, 팜유가 들어있지 않은 라면을 먹거나, 엄마에게는 인스턴트커피는 먹지 말라고 당부해야겠다.

이 책을 읽지 않았다면 초콜릿을 먹을 때 카카오 농장에서 일하는 아동을 몰랐을 테고, 세계최대 담뱃잎 생산국 아프리카 말라위에서 일하는 아동을 몰랐을 것이다. 담뱃잎을 따는 아이의 몸에는 매일 담배 2갑 반을 피우는 만큼의 니코틴이 쌓인다는 사실도 몰랐을 것이다. 다국적 담배 회사들은 아동 노동을 통해 판매한 담배 수익으로 파키스탄의 의료 활동을 지원하고 베네수엘라의 문화재를 보존하며 남아프리카공화국의 범죄 예방을 돕는다. '개같이 벌어서 정승처럼 쓰라'는 우리 속담이 있지만, 다국적 담배회사의 눈속임에 불과하다. 아동 노동으로 인건비를 줄여서 큰 수익을 얻고, 그 수익으로 선한 활동을 한다는 것이 정의로울 수 없다. 차라리 아동 노동을 착취하지 말고 수익을 내어서 다국적 담배회사가 공익사업에 신경 쓰지 말라고 당부하고 싶다.

작가가 말하고 있는 공정무역, 공정한 경제가 이루어져서 더 이상 아동의 노동을 착취하는 일이 없었으면 한다. 엄마가 다니는 교회에서 교인들이 돈을 모아 인도네시아, 몽골, 필리핀 이런 나라에 선교를 간다는데 복음을 전하는 일도 중요하지만, 정의롭고 공정한 경제가 무엇인지를 제대로 알려주는 역할도 하면 좋겠다.

10대의 세상 짓기

# 자수성가의 아이콘과 고마운 사람들

우리 외할아버지는 빵을 만드셨다.

살아계실 때 TV방송에도 여러 번 아니 수십 번 나오셨
다. 일본 방송국에서도 와서 할아버지를 인터뷰했단다.

외할아버지는 2013년 가을에 하늘나라로 가셨다.

그런 후 통영의 문화와 경제를 발전시켰다는 공로로 통
영시장상을 받았다.

엄마는

"할아버지가 처음이자 마지막으로 받은 상이야"

말하며 울었다. 통영의 문화마당에 할아버지의 흉상을
세우자는 회의도 했단다.

우리 할아버지는 통영에서 가장 유명한 꿀빵 창시자였
다. 할아버지는 일본에서 태어나셨고 청소년기에 한국으
로 오셨다. 할아버지는 통영의 어느 제과점에서 빵을 만
드셨다. 할머니를 만나 결혼을 하시고 2남 2녀의 자녀를
두셨다.

할아버지는 부모님이 일찍 돌아가셔서 초등학교에도

못 다녔고, 고생을 엄청나게 하셨다. IMF가 터지고 어느 방송국에서 할아버지를 찍어간 후 조금씩 유명해지셨다. 그런데 유명해진 만큼 부자가 되지는 않으셨던 것 같다.

너무 오래전이라서 기억이 잘 나지 않지만, 할아버지는 멋지게 옷을 입은 적이 없었다. 또 차도 없으셨다.

그래도 할아버지는 고등학교 사회 교과서에도 실려서 엄마가 잘 보관하고 있다. 할아버지가 부자로 살지는 않았지만 자수성가의 아이콘이라 해도 되지 않을까?

외할아버지 못지않게 자수성가한 분이 있다.

우리 이모부다. 어려서부터 외할머니가 "이모 아빠"라고 부르라 해서 나는 지금도 이모 아빠라고 부른다. 이모부는 현재 통영에서 제일 큰 조선소 사장님이 되었다. 월급 받는 사장님이긴 한데, 이모부의 성공스토리도 참 놀랍다.

이모부는 고등학교밖에 안 나왔지만, 거제 S조선소 임원까지 오르셨다. 이모부가 환갑이 되기 전 지금의 통영 조선소 전무로 스카우트 되어서 부사장이 되었고 사장까지 되었다.

10대의 세상 짓기

이모부는 새벽 5시만 되면 일어나서 회사로 출근하신다. 조선소를 처음 출근할 때부터 지금까지.

이모부는 나를 볼 때마다 악수를 하고 어깨를 두드려주며 용돈을 주신다. 중2 학교 시험에서 전교권에 들었다고 용돈을 듬뿍 보내주셨다.

아빠가 없는 빈자리를 채워주고 싶은 마음이신지, 나에게 뭐든 사고 싶은 게 있으면 언제든지 말하라 하셨다. 내가 초등학교 2학년 겨울방학 때 엄마랑 이모집 식구들과 베트남 여행까지 보내주셨다. 내가 태어나서 두 번째 가보는 해외여행이었다.

나는 한 번도 "뭐가 필요합니다."라고 문자를 하거나 전화를 한 적은 없지만, 이모부가 계셔서 너무나 든든하다.

나를 든든하게 채워주시는 분은 또 있다.

옷 사입고 맛있는 거 사 먹으라고 돈 보내시고 상을 받을 적마다 돈을 보내주시는 이모가 있고, 매달 용돈을 보내주며 사랑한다고 말해주시는 큰외삼촌이 내 곁에 있다.

고마운 사람들도 많다.

엄마의 친구들과 이웃들, 아빠가 하늘나라로 가셨을

때 우리 집에 매일 놀러온 이웃집 언니, 엄마는 너무 힘들어서 일곱 살이었던 나를 돌보기가 너무 힘들었는데 그 언니가 매일 우리집에 놀러 왔다. 언니가 워낙 밝고 개구쟁이여서 언니와 놀고 있으면 나는 슬픈 생각이 전혀 들지 않았다. 그 때 엄마는

"우리집에 천사가 와 있는 것 같아"

언니에게 고마워했다.

언니를 매일 우리집에 보내주는 그 언니의 엄마는 우리 엄마가 먹지를 못하거나 힘이 없으면 불러내어 밥을 사주고 위로해주었다. 언니가 다른 곳으로 이사를 간 후 우리 사이가 많이 느슨해졌지만, 그 언니의 엄마와 우리 엄마는 연락을 하며 지금도 잘 지낸다.

4층에 사는 이웃은

"언니, 나와"

일부러 엄마를 차에 태워 바람을 쐬게 해주고 지금도 힘든 게 없냐며 상담을 해 주신다. 그 분은 상담심리학 석사를 전공하셨단다.


엄마와 내가 이만큼 살게 된 것은 모두 그분들의 도움과 관심이었다. 엄마는 받은 사랑을 돌려주려고 노인복지관에서 주 1회 봉사를 하고 있다.

나도 나중에 시간이 되고 기회가 된다면 내가 받은 사랑과 친절을 꼭 갚겠다. 그래서 선한 영향력을 끼치고 싶다.

# 나의 꿈

내 꿈은 자꾸 변한다.

초등학교에 입학할 때는 피아니스트가 되겠다고 했다.

여섯 살 때부터 피아노학원에 갔는데 나는 피아노를 배우며 작곡도 해보았다. 동네 피아노 선생님은 내가 작곡한 것에 별로 관심이 없었고 그냥 피아노만 가르쳐주었다. 그러다 시시해졌다.

초등학교 1학년 말에 피아노학원을 그만두었고 더 이상 피아노는 치지 않았다. 그래서 내가 일곱 살 때 아빠가 사준 피아노를 몇 년 전에 엄마가 5만 원에 팔았다. 원래 중고 피아노 산 곳에 말해서 피아노를 그냥 처분했는데, 피아노 가지러 온 아저씨가 5만 원을 주고 가져갔난다. 무료로 가져가기로 한 피아노가 어찌해서 5만 원이 되었는지는 나도 잘 모른다.

초등학교 5학년 때 발명영재원에서 교육을 받을 때는 과학자가 되겠다고 마음먹었다. 그때 발명영재원에서 코딩을 배워 《아두이노》 책을 사서 나름대로 게임을 만들어보고 용돈을 모아 30만 원대의 3D프린터를 샀다. 여러 피규어를 만들어보니 재미있었다. 중학생이 되어서도 가끔 피규어를 만들어 보았지만 이제는 전혀 사용하지 않는다. 엄마가 필요한 사람 있으면 3D프린터를 준다고 한다.

5학년 12월부터 수학전문학원에 들어가서 공부했다. 그 학원의 수학 11레벨에서 나는 끝에서 두 번째 레벨이었다. 그동안 엄마는 나에게 공부하라고 말하지 않았고, 구청에서 하는 웹툰 만들기, 도자기 체험 이런 데에 친구들과 보내주었다. 모두 무료수업이었다.

나는 수학전문학원을 들어서면 중학생들과 초등학생들이 한꺼번에 계단을 오르내리는 것을 보며 엄청나게 동기부여가 되었다. 나도 열심히 공부해서 레벨을 올려야지. 숙제를 내주면 다 했고, 레벨테스트를 보기 위해서 엄마에게 수학문제집을 사달라 해서 문제를 더 풀었다. 석 달에 한 번씩 레벨테스트를 보는데 점점 레벨을 높여갔다. 그러나 한계가 있었다.

초 1학년 때부터 수학전문학원을 다닌 아이들과 나는 확실히 공부량에 차이가 있었다. 의대 특목고반 앞까지 갔으나 그 학원을 그만두었다. 다른 수학전문학원에 가서 재미있고 친화력이 있는 친구와 엄청 친절하게 잘 가르쳐주시는 선생님을 만나 수학을 재미있게 공부했다. 그런데 그 수학 선생님이 중2 기말고사를 앞두고 아프시고, 학원을 그만두신다 해서 나도 그 학원을 그만두었다.

지금은 집 앞 수학교습소에서 수학을 배우고 있는데, 여름방학 동안만 봐주신다는데 그다음은 어느 학원을 가야 할지 모르겠다.

나는 초등학교 5학년 때부터 과학고가 목표였다. 얼마전 과학고 면접시험지를 엄마가 구해서 보여주는데 여러 문제 중에서 1문제밖에 못 풀 것 같았다. 이런 실력으로 과학고를 갈 수 있을지, 과학고를 가서도 내가 전국의 영재들과 경쟁에서 이길 수 있을는지, 나는 일반고를 가야 하는지, 자사고를 가야 하는지 잘 모르겠다.

그냥 지금은 친구들과 카톡하고 뭐 사먹으러 다니고 노는 게 좋다.

내가 학원에 갔다 와서 숙제를 안 하고 있으면 엄마는
"숙제 안 해? 언제 자려고?"
간섭을 한다. 내가 알아서 하는데 자꾸 숙제 안 하냐고 물어볼 때마다 짜증난다.

10대의 세상 짓기

학원 안 가는 날에는 털뭉치를 뭉쳐서 우리집 강아지 만두를 만들고, 클레이로 여러 가지를 만들어본다. 그러면 엄마는

"다음에 공방 하나 차리자"

말한다. 그게 농담인 걸 안다. 나는 그냥 취미생활로 하는 건데 자꾸 직업으로 연결지어 말을 꺼내는 엄마가 답답하다.


어렸을 때부터 아빠가 같이 장난감을 만들어주고 보드게임을 사 오셔서 같이 게임을 했다. 땅을 사고 건물을 짓는 보드게임이었는데 나는 엄마 아빠에게 자꾸 하자고 조르곤 했다. 그때의 영향으로 중 2학년 1학기 학생발명 경진대회에 나가서 '그린마블 보드게임'을 만들었다. 그 게임이 우리 학교에서 1등을 하였고 학교 대표가 되어 우리 구에서 동상을 받았다. 우리 학교 과학 선생님께서

"동상만 받기에는 아깝다"

하셨지만, 나는 무척 기뻤다.

엄마는 내가 상 받은 걸 이모에게 자랑을 했고, 이모는 상여금을 또 보내주셨다. 엄마는 내가 창의력이 남다르다고 계속 칭찬하지만 내가 중1 과학 영재원에 다닐 때 나보다 더 뛰어난 친구들을 보았다. 그래서 내가 진짜 과학

자가 될 수 있을는지 모르겠다.


  아빠가 없다는 사실을 친한 친구들에게 말하지 않았다.

  내가 초 6 때 전교회장이 되었고, 그 기념으로 내 생일에 친구들을 우리집으로 초대했다.

  그 때 한 친구가 엄마더러

  "아빠는 어디 가셨어요?"

  두 번을 물어보니 엄마가 그 친구에게 아빠가 없다는 사실을 말하려 할 때 나는 엄마에게 귓속말로 말했다.

  "엄마, 쟤 입 싸. 말하지마"

  했다. 그러자 엄마는 그 친구에게

  "아빠는 멀리 가셨어."

  했다.


  중학교에서 친해진 친구들과 엄마 친구가 운영하는 글램핑장에 갔다. 엄마가 내 친구 5명을 초대했다. 펫글램핑장이라 ○○친구의 강아지도 데려가고 우리집 강아지 만두도 데려갔다.

  글램핑장에 다녀온 후 며칠 있다가 엄마들끼리 뒤풀이를 했다. 엄마는 아빠가 없다는 사실을 알렸단다. 몇몇

엄마는 알고 있었다고 한다. 친구들도 아마 짐작하고 있었던 것 같다. 나는 알면서도 모른 척해주고 말하지 않은 친구들이 참 고맙고 소중하다.

이 책이 나오면 또 몇몇 친구들은 나에게 아빠가 없다는 사실을 알게 될 것이다. 엄마는 알아도 괜찮다고 한다. 엄마는 작가이고 이모와 이모부도 다 잘 사는데 어때서 그러냐고 괜찮다고만 한다.

다시 돌아와 내 꿈을 말하자면 모르겠다. 그냥 친구들과 잘 지내고 우리집 강아지 만두와 고양이 해피와 짱순이가 아프지 않고 오래오래 살면 좋겠다. 아빠 역할까지 다해준 엄마도 아프지 않고 잘 살면 좋겠다.

초 4학년 때와 6학년 때 선생님과 지금의 선생님같이 좋은 선생님을 만나서 나도 잘 지내면 좋겠다. 물론 내 담임선생님 중에서 별로였던 선생님은 없었다. 그래도 가장 생각나고 나를 잘 이해해주셨던 선생님은 그 세 분이시다. 혹여나 다른 선생님들께서 내 글을 보시더라도 오해하지 말았으면 좋겠다.

# | 추천평 |

운문과 산문, 장르를 넘나들며 자신의 마음을 고스란히 들여다
보고 드러낼 줄 아는 청소년 작가의 시선이 기특하다. 아이다
운 천진난만한 시선과 세상을 너무 일찍, 그리고 많이 알아버
린 의젓한 태도를 어린 작가는 거침없는 입담으로 풀어내고 있
다. 때로는 시니컬한 유머로, 여린 마음을 티내지 않고 당당하
게 문장으로 자신만의 오늘을 꾸려나가는 윤이.
그야말로 장하다!

– 이송현 아동청소년소설가
(대표작 『일만 번의 다이빙』, 『내 이름은 십민준』)


글을 읽으며 어린아이 같지않은 어느 것 하나 무심하지 않은
예리함으로 거짓없이 써내려간 순수함에 미소짓다가 웃다가
마음 깊이 느꼈을 글쓴이의 아픔 또한 전해져 가슴이 시립니
다. 깊은 사고력의 언어마술사 윤이의 꿈이 무엇이든 응원하며
하나님이 아빠되어 주시기를 기도합니다

– 정숙경 성우(극동방송 『주님의 시간에』 진행)

윤이는 자신을 '소심이'라고 표현했지만 관찰력과 감성이 풍부합니다. 다른 아이들이 경험했을 법한 이야기를 솔직하고 당당하게 표현한 것도 '시원한 치유'가 되었겠다 싶어요. 이런 관찰력과 내적 당당함을 글로 표현했으니 묘사나 언어사용의 차별성도 보여요. 저는 3화를 읽으면서 울기도 하고 웃기도 했는데 소재를 포착하고 당시의 생각이나 감정을 솔직하게 써 내려간 묘사력이 부럽기도 했습니다. 이 글을 통해 제가 그냥 흘려보냈던 때가 기억나며 저 자신을 돌아보기도 했습니다.

– 염두연 상담학 박사(『사랑하는 나의 몸에게』 저자)

은퇴 후 저는 해주오씨 종단활동을 해오고 있으며 문화센터에서 글쓰기와 영상 제작 등 여러 활동을 배웁니다. 요즘 동시 쓰기를 배우고 있는데, 어린이의 감정과 생각으로 표현해내는 것이 무척 힘들었습니다. 윤이의 글은 저에게 하나의 교과서처럼 여겨졌고 읽기도 참 편하고 감동적이었습니다. 저는 고등학교 때 아버지를 여의고 형님들이 아버지 역할을 대신해주었습니다. 윤이의 쓸쓸함과 그리움을 누구보다 잘 알고 있습니다. 윤이가 지금처럼 진솔하게 자신의 감정과 생각을 글로 표현하면서 용기있고 씩씩하게 커가기를 기대하고 바랍니다.

– 오윤근 교수
(전 제주대학교 해양공학과, 전 제주대학교 교무처장 )

다양한 주제를 다루고 있네요. 글쓴이는 또래 친구들에 비해 깊은 사고력을 가지고 있는 것 같습니다. 문득문득 떠오르는 아빠에 대한 그리움이 느껴지고, 외면상 강해 보이려는 엄마에 대한 묘사도 인상적입니다. 곳곳에 성숙하고도 예리한 관찰력이 돋보입니다.

— 이선자 교수(전 덕성여대 독문학과 )

글쓴이의 표현들이 재밌으면서도 약간은 생소하게 느껴집니다. 통상 어른들이 바라는 아이답다 여기는 글이 아닌 윤이만의 특별한 시선에서 써 내려간 이유 때문이겠죠. 주변에서 일어나는 일과 사물을 관찰하고, 깊이 생각해서 그것을 자신의 말로 솔직하게 풀어낸 글들이 신선하게 다가옵니다.

— 박순우 화가(문화기획 예술친구 대표)

학교에 관한 글은 공감이 많이 돼요.
특히 '시험'이라는 시는 긴장하느라 손에 땀이 나서 연필이 미끄러지는 게 나만 그런 게 아니구나 싶어서 재미있게 읽었어요. 공감 가는 소소한 일상과 생각해 본 적 없던 윤이의 다른 모습을 책으로 만나게 되는 건 정말 신기해요

— 구혜민(중2)

•내 마음대로 하고 싶은•

# 10대의 세상 짓기

**초판 1쇄**　2023년 09월 05일

　　**지은이**　윤이
　　**발행인**　김재홍
**교정/교열**　김혜린
　**일러스트**　서혜경
　　**디자인**　박효은
　　**마케팅**　이연실

　　**발행처**　도서출판지식공감
　**등록번호**　제2019-000164호
　　　**주소**　서울특별시 영등포구 경인로82길 3-4 센터플러스 1117호 (문래동1가)
　　　**전화**　02-3141-2700
　　　**팩스**　02-322-3089
　**홈페이지**　www.bookdaum.com
　　**이메일**　jisikwon@naver.com

　　　**가격**　10,000원
　　**ISBN**　979-11-5622-824-0　43810